파란
하늘
팀
이시시
노시시
조로리 사부님이 전원을 안 켜신겨.
아무리 걸어도 전화를 안 받으니 화나겠구먼.

짠 짜 라 짠 짠 짠 짠
파란
하늘
팀
이시시
노시시
그럼, 안녕히 계세유!
짝 짝 짝 짝 짝 짝 짝 짝 짝 짝 짝 짝 짝 짝

장난천재
쾌걸 조로리
⑱ 드디어 결혼?

하라 유타카 글 · 그림

히히히, 드디어 휴대전화를 샀다고! 이제 여행 중에도 여자 친구한테 데이트 신청을 받을 수 있겠군. 좋아, 좋아!
근데, 조로리 사부님, 그 전에 여자 친구가 있어야 전화번호를 가르쳐 줄 ….
안 그럼 아무리 기다려도 전화가 안 올 텐데유.

이 몸의
전화번호는 비밀!
아무한테도
안 가르쳐 줘!
'이 사람이야!' 라고
생각되는 멋진 여자에게
고백할 때 살짝
가르쳐 줄 거야.
히히히.
조로리가
본 적도 없는
여자 친구를
떠올리며
신이 나 노래를
불렀어요.

"조로리 사부님은 눈이 높아서
멋진 사람을 쉽게 만나진 못할겨."
이시시가 중얼거리자
"맞아, 맞아. 저렇게 아름다운 분을
만난다는 건 힘든 일이지."
라며 노시시가 손가락으로 가리켰어요.
그곳을 보니……

슈퍼 모델 샌디가
카메라맨들에게 둘러싸여
걸어가고 있지 뭐예요?
"헉! 멋지다!"
조로리의 심장이 쿵!

"이 몸은 첫눈에

반한다는 걸 안 믿었는데

저 사람이다! 저 사람이야말로

이 몸이 찾던 멋진 여자 친구라고!"라는

말을 남기고는

멋쟁이 쾌걸
조로리로
변신해서
샌디 앞으로
달려갔어요.

조로리는 전화번호를

적은 종이에

민들레를 얹어

샌디에게 건네고

바람처럼 사라졌습니다.

"우아, 조로리 사부님! 멋있어유!"

"우리는 완전히 반했구먼유.

그런 말을 들으면 누구든

반하고 말지유!"

전 세계를 사로잡은 어린이 판타지

"있는 그대로의 내가 좋아!"
엄마는 요정, 아빠는 뱀파이어.
뱀파이어 요정 이사도라 문 등장!

월드 시리즈

프린세스 에메랄드

오늘부터 내가 왕족!?
이사도라의 바닷속 친구,
발칙한 인어 공주 에메랄드!

마녀 요정 미라벨

장난은 못 참지!
이사도라의 악동 사촌,
미라벨의 마법 대소동!

빅토리아 스티치

YA 판타지 서사시 개막!
쌍둥이 요정 자매의
왕관을 둘러싼 대결!

교보문고, 예스24, 알라딘 등 온라인 서점 및 전국 오프라인 서점에서 만나실 수 있습니다.

해리엇 먼캐스터 지음 | 심연희 옮김

"후후후. 그렇지, 그렇고말고.

너희도 샌디의 눈을 봤지?

이 몸에게 넋을 잃어 멍하니 바라봤다고!

자, 서둘러 조로리 성을 세워

그녀를 맞이해야겠어."

조로리가 한껏 들떠 있던

바로 그때였어요.

"쾌걸 조로리! 너를 체포하겠다!"

슈퍼 모델을 경호하던 경찰들이

생각지도 못한 곳에 나타난

조로리를 쫓아왔습니다.

"으아아!

샌디의 관심을 끌려고 아무 생각 없이

이런 모습으로 변신해 버렸어.

이 몸이 지명 수배 중이라는 걸

까맣게 잊고 있었군.

이시시, 노시시, 도망가자!"

조로리 일행은

걸음아 날 살려라 하고 도망쳤지만

경찰들이 점점 늘어났습니다.

조로리가 말했어요.

"이봐, 이시시, 노시시.

여기서 갈라져서

추격을 따돌려야겠다.

너희는 경찰들을 저쪽으로 유인해라.

나중에 연락해서 만나자."

의상실
휘-익
경찰들은 우리 둘한테 맡기세유!
알았어유, 조로리 사부님! 나중에 봐유!

이시시와 노시시는

메롱 하며 놀리거나 엉덩이를 보이며

경찰들의 관심을 끌려고 했어요.

하지만 경찰의 목표는 쾌걸 조로리

단 한 명이었습니다.

경찰들이 이시시와 노시시에게는

눈길도 주지 않고

조로리가 숨어든 가게를 에워쌌어요.

놓치면 안 돼!
메롱
팡 팡
여기 여기
오기 무니까~
우리는 인기가 없구먼. 경찰들이 거들떠보지도 않잖여. 휴.
게다가 경찰들이 저렇게 많으니 우리가 어떻게 할 방법이 없잖여. 그저 행운을 빌며 바라보는 수밖에. 아아, 우리 정말 한심하다.

우르르르.

경찰들이 의상실 안으로 달려 들어가자

탈의실에서 조로리의 목소리가 들려왔어요.

"가까이 오지 마! 여기 인질이 있다!"

"꺄악! 살려 주세요!"

이어서 비명 소리가

의상실 안에 울려 퍼졌습니다.

"큰일이다!

탈의실에 손님이 있었단 말인가?"

경찰들은 어쩔 수 없이

우선 지켜보았어요.

그때 갑자기

덜컹!

"살려 주세요! 무서워요!"

어떤 여자가 탈의실 문을 열고 뛰쳐나왔어요.

젊은 경찰이 인질을 지키는 동안
다른 경찰들은
재빨리 권총을 뽑아 들고
탈의실 안을 확인했습니다.

그런데 이게
웬일입니까?
안은 텅 비어
있었습니다.
그리고 정면에 있는
거울에 조로리의
메시지가
있었어요.

"흐음, 역시 조로리로군.
어느새 도망쳤어.
아무튼 인질이 무사한 것만으로도
다행이야.
이봐, 여성 분이 다치진 않았나?"
경감이 돌아보며 물었습니다.

"네에.

전 괜찮아요."

여자는

고개를 들며

젊은 경찰관에게

말했어요.

어린이 여러분에게만

☆ 어린이 여러분,
여러분이 알아챘을지
모르겠지만
이 아가씨는
의상실에 있던
마네킹의 가발을 쓰고
드레스를 입은
조로리랍니다.

알려 주는 비밀 정보

어떤가요,
완벽한 변장이지요?
부탁인데
경찰에게는 절대로
알려 주지 마세요.
여러분만 아는 비밀이에요.
꼭 지켜 주세요!

젊은 경찰관은
여자의 얼굴을
뚫어지게
쳐다보다가
순식간에
얼굴이 빨개져
큰 소리로
소리쳤어요.
"우아!
당, 당신은!"

이, 이럴 수가!
난 지금까지
첫눈에
반한다는
말을 믿지
않았는데
오늘부터
다시 생각해
봐야겠어요.

경찰관의 눈은 조로리가

샌디를 보았을 때의 눈과 같았어요.

조로리는 변장한 자신의 모습에

깜박 속은 경찰관을 보고 재미있어서

우쭐해하며 이렇게 말했어요.

"뭐, 뭐라고요?"

경찰관의 얼굴색이 바뀌었어요.

"그렇다면 조로리가 다시

당신을 납치할지도 모르겠군요.

이거 큰일이네요.

나 이누다 타쿠지가

당신을 지키겠습니다.

저를 믿고 맡겨 주세요."

경찰관은 이렇게 말하고
아름다운 조로에를
경찰차에 태웠어요.

그러고는 경찰관 기숙사로 안내했습니다.

“오늘은 이곳에서 묵으세요.

여기는 경찰들만 살고 있으니까

아무리 조로리라고 해도

여긴 어슬렁거리지 않을 겁니다.

혹시 무슨 일이 있으면

소리를 질러 주세요.

언제라도 제가 당신을 지키기 위해

달려오겠습니다.”

동물
경찰
기숙사

"어머, 멋져라.
믿음직스러워요.
당신은 마치 나의 왕자님
같아요."
조로에가 말했어요.

경찰관은 이상형인 조로에에게

그런 말을 듣자 완전히 들떴어요.

“아, 하하, 쑥스럽군요.

저 이누다 타쿠지,

앞으로는 이누타쿠라고 불러 주세요.

잘 부탁드립니다.”

경찰관은 새빨개진 얼굴로

경례를 하고 돌아갔습니다.

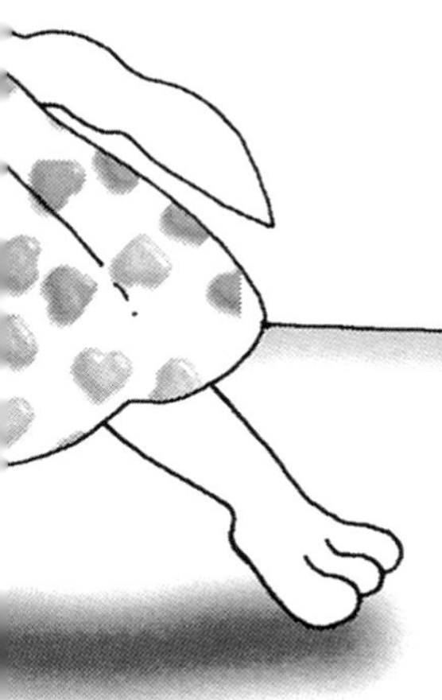

혼자 남은 조로리는

“히히. 아, 재밌어.

완전히 속아 넘어갔잖아.

지명 수배 중인 조로리 님이

경찰관의 보호를 받다니

꿈에도 생각하지 못한 일이야.

생각해 보니 여기가 가장

안전할지도 모르겠군.”

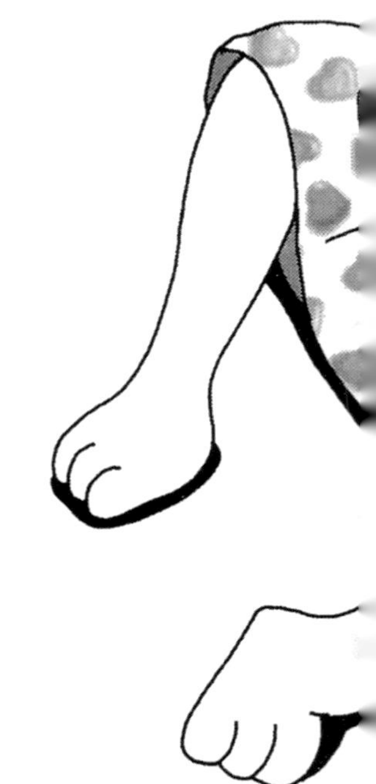

조로리는 긴장이 풀려

금세 깊이 잠들었어요.

따르릉따르릉.

조로리는 휴대전화 벨소리에 잠이 깼어요.

어느새 밖은 깜깜했습니다.

“여보세요. 아, 이시시로군.

이 몸은 지금 여자로 변장해서

경찰관 기숙사에 있다.”

그때 조로리는 창밖에 서 있는 그림자를 발견하고

급히 목소리를 낮추었어요.

“여기엔 경찰들이 엄청 많아!

다른 사람들이
수상하게 여길지 모르니까
여자 목소리로 말할게.
알았지?"

그때 창밖에는 이누타쿠가
근심이 가득한 얼굴로
서 있었어요.

저, 조로에 씨. 드릴 말씀이 있어요.
밤도 깊었으니 그냥 여기서 말씀 드릴게요.
제 아버지는 경찰서장입니다만
건강이 나빠져 지금은 시골에서 요양하고 계세요.
의사 선생님도 포기할 정도로 심각한 병이라고 해요.
그런 아버지의 단 하나뿐인 소원은
제가 결혼하는 거예요.
그래서 얼떨결에 '조금만 기다리세요.
곧 결혼할 거예요!' 라고 거짓말을 해 버렸어요.
아버지는 매우 기뻐하시면서
이제나저제나 기다리고 계세요.
하지만 저에겐 여자 친구가 없답니다.

통화에

정신이

팔린

조로리에게

이누타쿠의

얘기 따위는

들릴 리가

없지요.

기뻐하는 아버지께
사실대로 털어놓지 못하던 중에
조로에 씨가 나타났어요!
저는 첫눈에 당신에게 반했어요!

어머, 그런 칭찬을 들으면
제가 쑥스럽잖아요.
우후 .
저, 저는
정말
진심입니다.

오늘은 밤이 늦었으니
내일 저희가
기숙사 근처까지
마중 나갈게유.

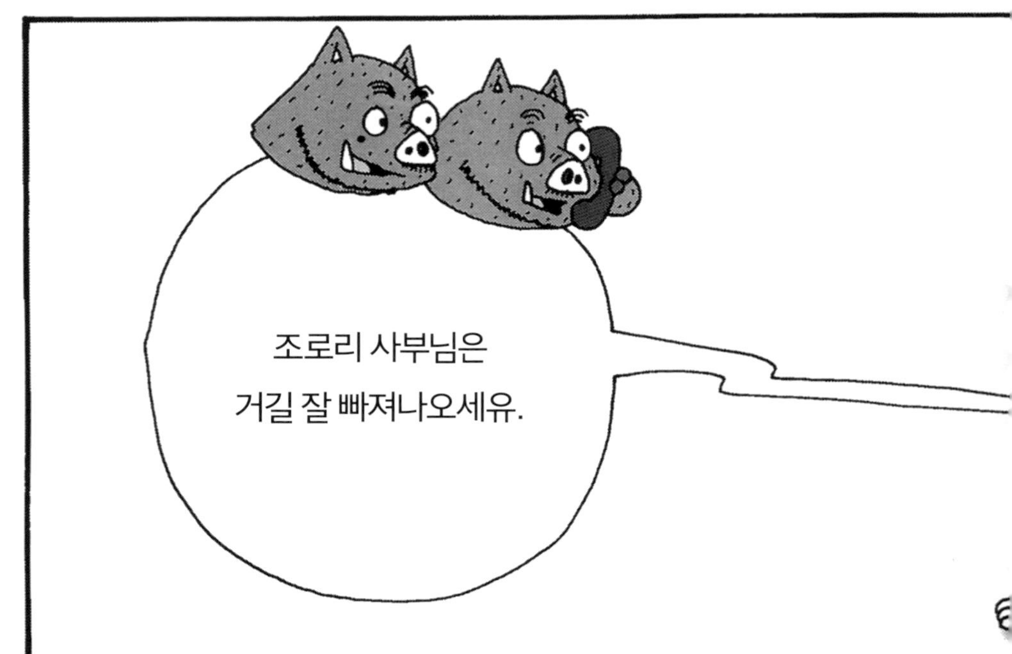
조로리 사부님은
거길 잘 빠져나오세유.

갑작스럽겠지만 고백하겠습니다.
조로에 씨! 저와 결혼해 주세요.
부탁드립니다.
아, 좋아요.
내일 아침 데리러 와 주세요.
기다릴게요.
네!
정말
이세요?

조로리가 전화를 끊었을 때
밖에서 커다란 목소리가 들렸어요.
“만세! 조로에 씨, 감사합니다.
지금 당장 시골에 계신 아버지께
이 소식을 알려 드려야겠어요.
무척 기뻐하실 거예요.
그럼 내일 아침에 데리러 오겠습니다.”

조로리는 무슨 말인지

전혀 알아들을 수 없었어요.

“밖이 시끄럽네. 사건이라도 일어난 건가?

경찰도 늦은 시간까지 수고가 많군.”

그러고는 다시 잠들었습니다.

다음 날 아침,

이누타쿠가

꽃다발을 들고

다른 경찰관들의

축하를 받으며

조로리 방 문을

두드렸어요.

"조로에 씨.

약속한 대로 데리러 왔습니다."

조로리가 문을 열자마자

경찰들이 한꺼번에

소리 높여 말했습니다.

"축하합니다. 조로에 씨!"

"엥, 무슨 일이에요?

오늘이 제 생일인가요?"

"무슨 말씀이세요?

어젯밤, 제 사랑을 받아 주신다고

하셨잖아요.

아버지가 얼마나 기뻐하셨다고요!

바로 결혼식을 올릴 수 있도록
준비하고 기다리고 계세요.
자, 지금 당장 시골로 가시죠."
이누타쿠가 이렇게 말하자
"축하! 축하!"
경찰들은 조로리를 들어올려
순식간에 자동차에 태워 버렸어요.

'말도 안 되는 일이 벌어졌는걸.'

경찰관에게 둘러싸인 조로리는

식은땀을 줄줄 흘렸습니다.

‘지금, 정체를 밝히면

당장 감옥에 갇히고 말겠지.

일단 조용히 기다렸다가

도망칠 기회를 노리는 수밖에 없어.

그건 그렇고, 이럴 때 이시시, 노시시는

도대체 뭘 하고 있는 거야!

설마 자는 건 아니겠지?’

네, 바로 맞혔습니다. 이시시와 노시시는 점심때가 지나서야 어슬렁어슬렁 조로리를 데리러 왔습니다.
기숙사
흠, 나도 결혼식 가 보고 싶었는데….
벌써 시골로 갔다며?
이누타쿠네 고향은 어디야?
아, 그 친구 고향은 ….
엥?
뭔가 이상한데?

경찰들이 수군거리는 걸 듣고

결혼식 장소를 알아낸

이시시와 노시시는

"큰일이다!

조로리 사부님이

신부가 되겠어.

빨리 쫓아가야 혀."

라며 서둘러 뒤따라갔어요.

그 무렵
조로에를 태운
자동차는 산을 넘고
시골길을 지나

이누타쿠의
고향에
도착했어요.

그곳에는 경찰서장 아들의 결혼식답게
경찰관들이
잔뜩 모여 있었어요.

조로에가 차에서 내리자,

이누타쿠의 아버지가 반갑게 맞았습니다.

"콜록, 콜록. 오오, 왔구나.

우리 아들과 결혼하겠다고

해 주어 고맙다.

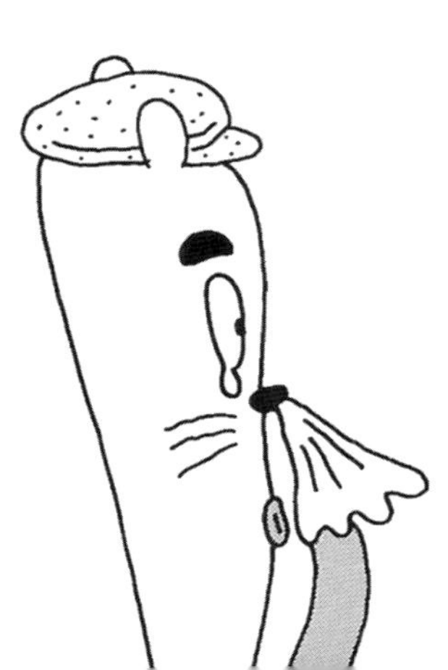

난 보다시피 건강이 안 좋아서,

죽기 전에 꼭 아들 결혼식을

보고 싶었단다.

성대한 결혼식을 열어 줄 테니

맘에 들었으면 좋겠구나. 콜록, 콜록."

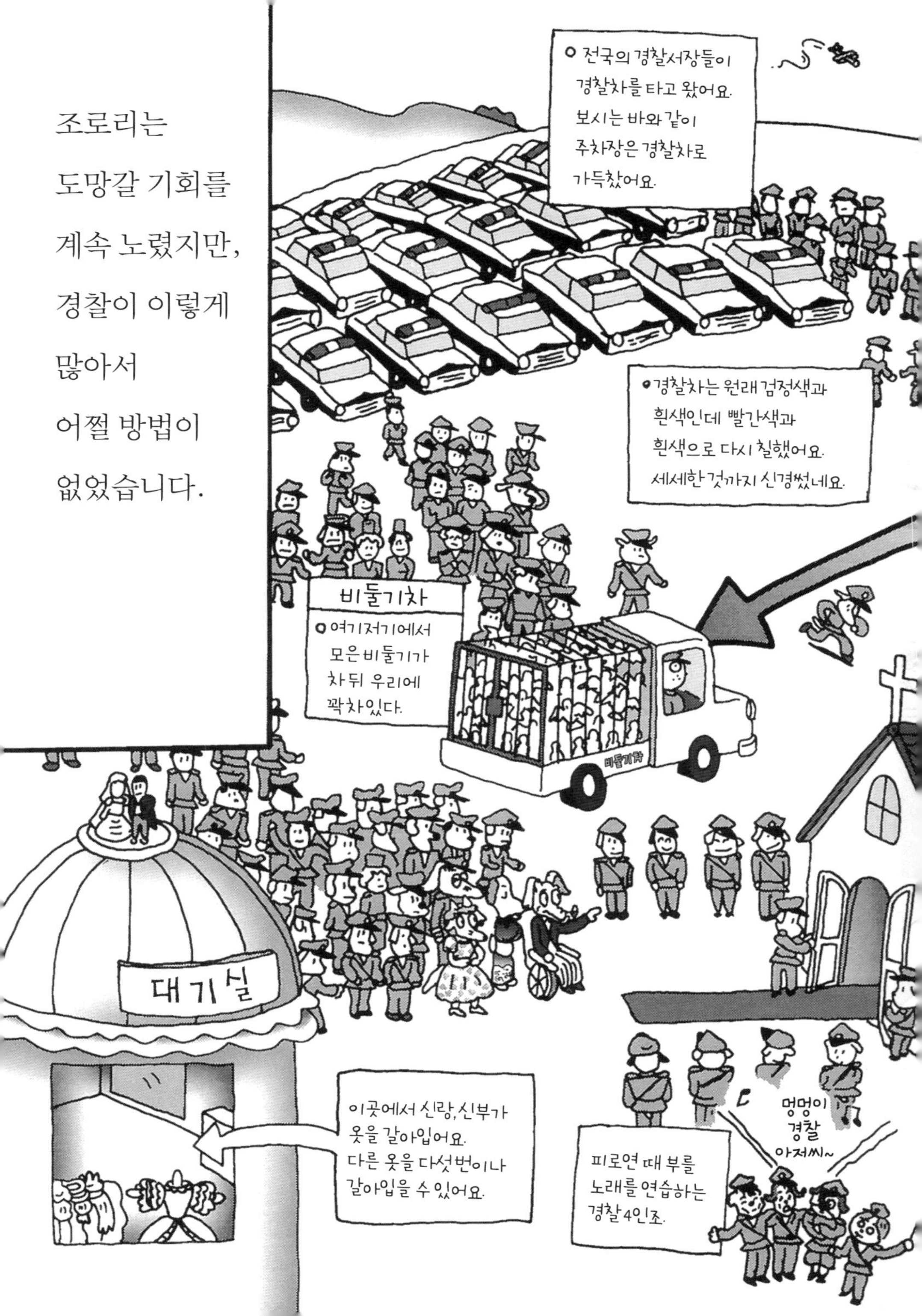
조로리는
도망갈 기회를
계속 노렸지만,
경찰이 이렇게
많아서
어쩔 방법이
없었습니다.
전국의 경찰서장들이
경찰차를 타고 왔어요.
보시는 바와 같이
주차장은 경찰차로
가득찼어요.
경찰차는 원래 검정색과
흰색인데 빨간색과
흰색으로 다시 칠했어요.
세세한 것까지 신경썼네요.
비둘기차
여기저기에서
모은 비둘기가
차 뒤 우리에
꽉 차있다.
비둘기차
대기실
이곳에서 신랑, 신부가
옷을 갈아입어요.
다른 옷을 다섯번이나
갈아입을 수 있어요.
피로연 때 부를
노래를 연습하는
경찰 4인조.
멍멍이
경찰
아저씨~

이것이 동물 경찰 결혼식 이다!

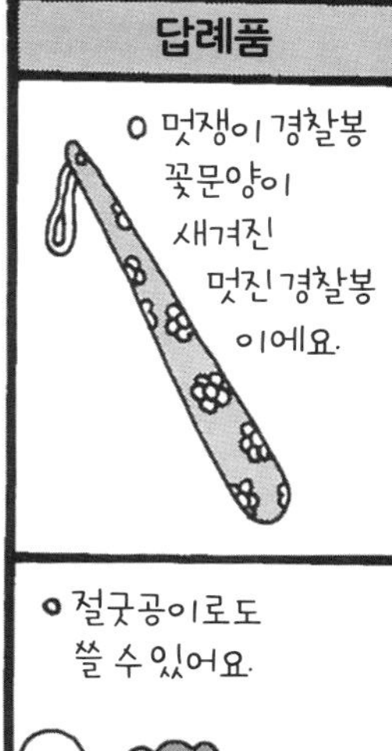

정신을 차리고 보니 조로리는
아름답고 우아한 웨딩드레스를
입고 있었어요.
"정말 아름다우세요!"
"조로에 씨, 멋져요!"
모두 칭찬했지만 조로리는
전혀 기쁘지 않았습니다.

'이시시, 노시시.
지금 당장
이 몸을 구해 줘!
부탁이다!'
조로리는
마음속으로
기도했어요.

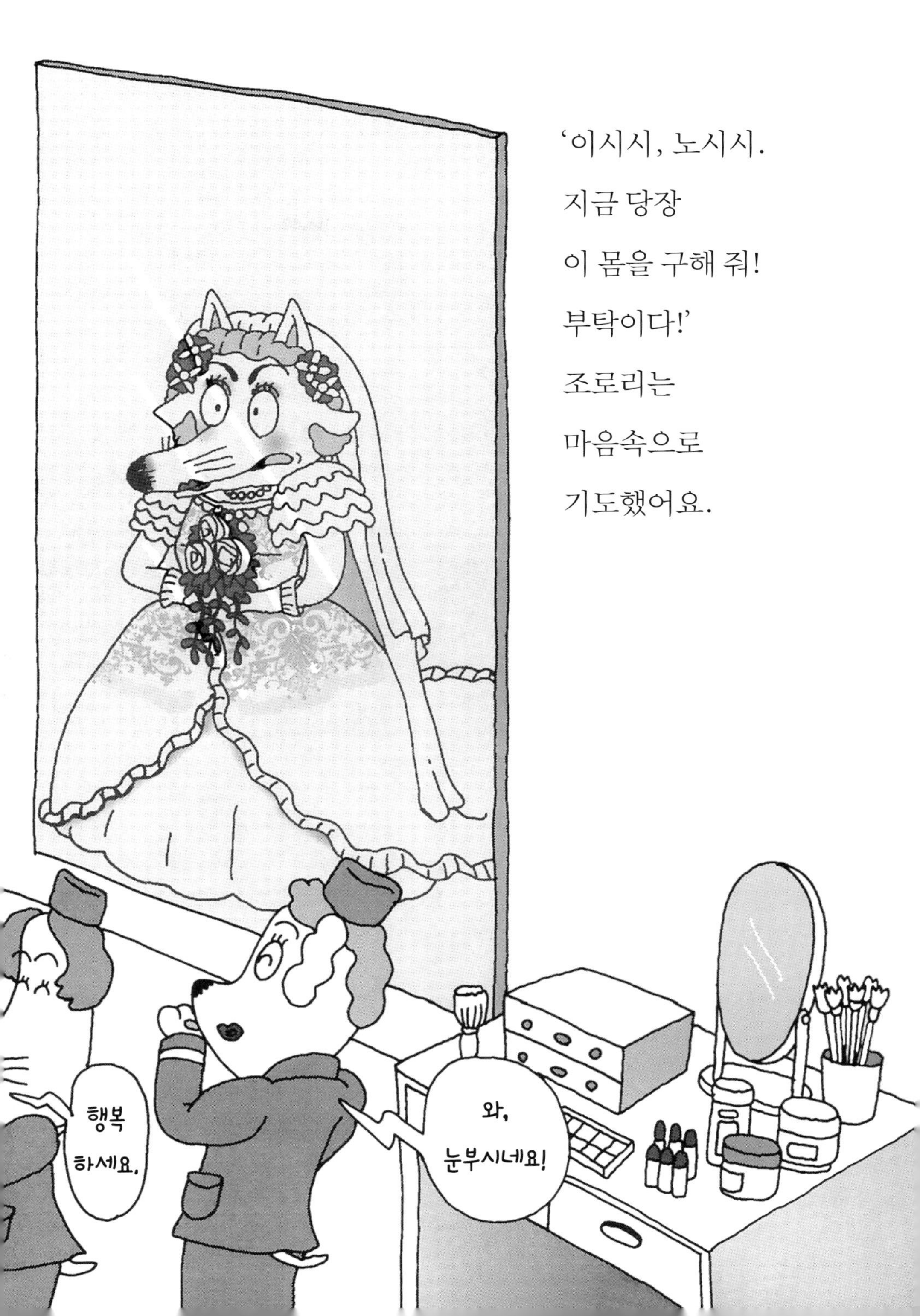

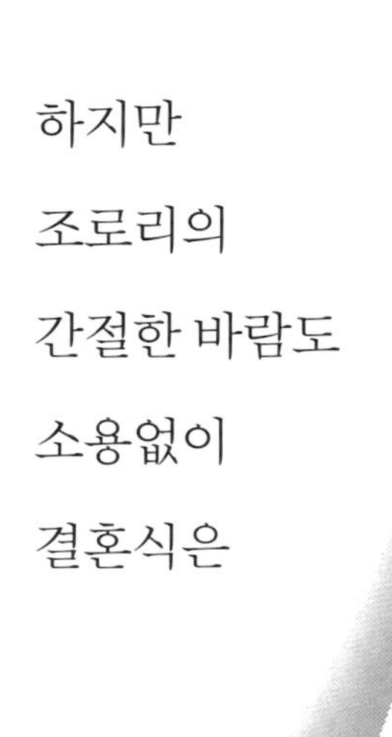

하지만
조로리의
간절한 바람도
소용없이
결혼식은
시작되고
말았습니다.
조로리는
신부 입장을
했어요.

오른쪽을 봐도 왼쪽을 봐도

경찰들로 가득했어요.

개미 한 마리 빠져나갈 틈도 없었어요.

결국 조로리는 포기하고 말았습니다.

조로리가 알려드립니다.

 어린이 여러분,

오랫동안 신세 많았습니다.

이 몸은 마침내 결혼을 하게 되었습니다.

그래서 어린이 여러분과는

이제 작별이군요.

앞으로 《장난천재 쾌걸 조로리 시리즈》는

부부를 위한 책으로 바뀔 거예요.

재미있는 책이니까 부부들에게

꼭 읽으시라고 추천해 주세요!

⊙ 나올지도 모르는

조로리 부부 시리즈

● 싸고 맛있고 손쉽게 만들 수 있는 조로리표 반찬

● 조로리 부부가 개발한 다이어트 방법을 알기 쉽게 그림으로 설명. 3개월에 5킬로그램 빼는 것도 가능!

결혼식은 순조롭게 진행되어 눈 깜짝할 새

반지를 교환하는 순서가 되었습니다.

신부님 앞에서 서로의 손가락에 반지를 끼우면

둘은 부부가 되지요.

이누타쿠가 조로리의 손을 살며시 들어

손가락에 반짝이는 결혼반지를

끼우려는 순간이었어요.

아아, 이대로 끝인가요?

이제 곧 여러분 눈앞에서 쾌걸 조로리는

한 남자의 아내가 되는 걸까요?

그때 조로리의 손가락에 끼워진 결혼반지가 쏘옥

빠져서 하늘로 날아가는 게 아니겠어요?

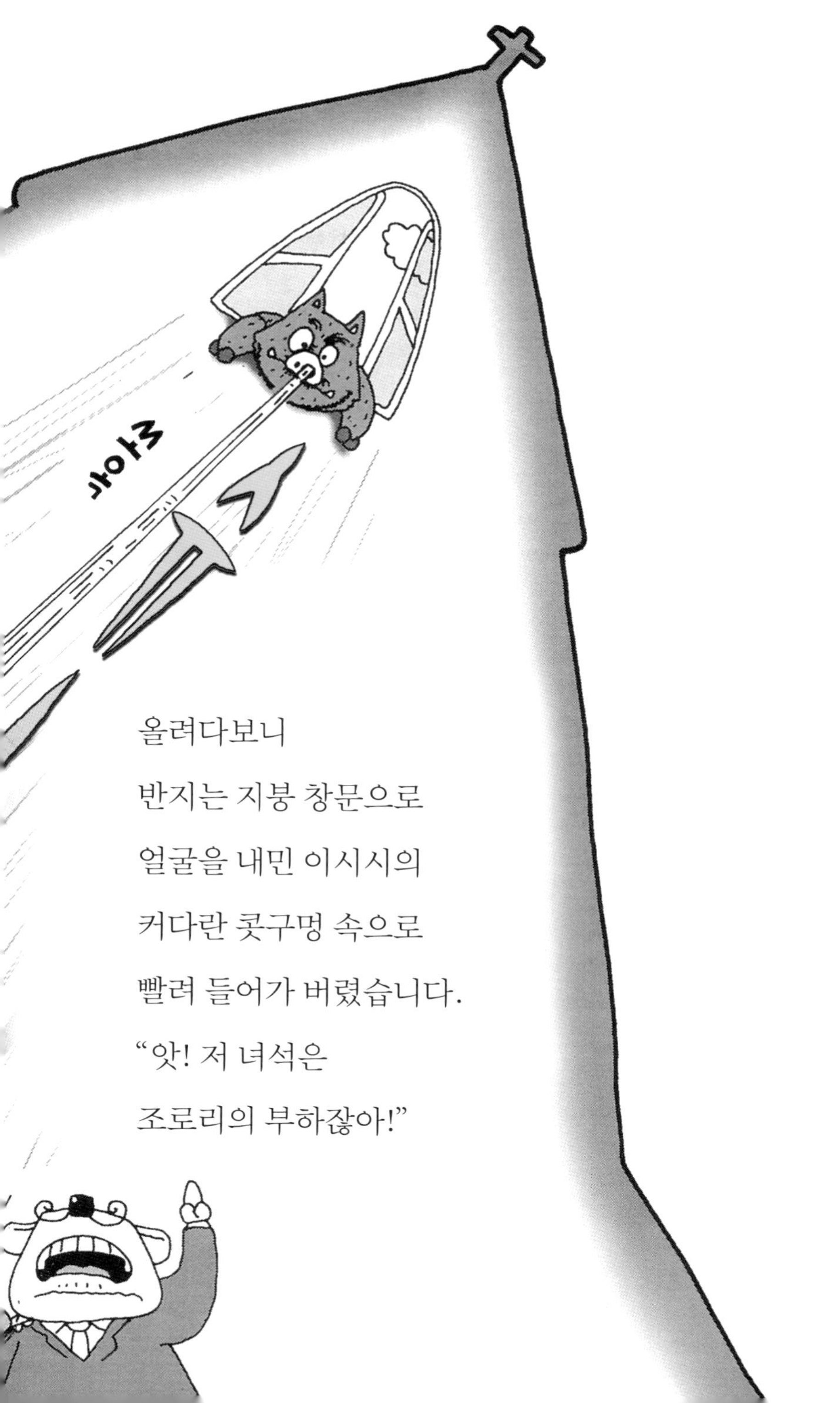

올려다보니

반지는 지붕 창문으로

얼굴을 내민 이시시의

커다란 콧구멍 속으로

빨려 들어가 버렸습니다.

“앗! 저 녀석은

조로리의 부하잖아!”

메~롱
이봐! 내려와!
분명히 쾌걸 조로리야. 조로리의 명령을 받고 조로에 씨를 납치하러 온 게 틀림없어!

모두 이시시에게 정신이 팔린 틈을 타

조로리는 서둘러 성당 밖으로 뛰쳐 나갔습니다.

그러자 그곳에는

노시시가
있었어요.
오!
노시시!
이 , 이쪽이에유,
조로리 사부님!
빨리 이 새장 안으로
숨으세유!

노시시는 결혼식에서 비둘기 떼를

날리기 위해 준비한

'비둘기차'를 훔쳐서

조로리가 나오기를

기다리고 있었습니다.

출발!
탁
비둘기차
부르르르릉
① 조로리가 차에 타자,
노시시는 자동차의
시동을 걸었어요.
② 성당 지붕에
올라갔던
이시시도 태우고,
털썩
비둘기차
우앙!
나의 조로에 씨가
쾌걸 조로리에게
잡혀가잖아!
어떡해요, 아버지!

③ 전속력으로
도망쳤어요.
경찰차를 타! 경찰차로 비둘기차를 쫓아가는 거다!
이누타쿠의 아버지도, 갑작스레 일어난 일 때문에 아픈 것도 잊은 채 경찰차에 올라탔습니다.

아버지,
몸은
괜찮으세요?
이 바보 녀석아!
이럴 때 경찰서장인
내가 가만히 있을 수
있겠느냐?
경찰 체면을 걸고
조로에 씨를
구해 오는 거다!
경찰
끼이이이이~~~~익

으악!
조로리 사부님! 그것보다 더 큰일이 눈앞에….
이봐, 속력을 더 높여! 이대로라면 금방 잡히고 만다고!

절벽이에요.

길이 중간에 끊겨 깊은 계곡이

입을 쩍 벌리고 있었습니다.

"괜찮아, 저 정도 거리라면

이 차로 뛰어넘을 수 있어.

자, 속도를 더 높여 뛰어넘는 거다!"

조로리가 소리치자 노시시는 시키는 대로

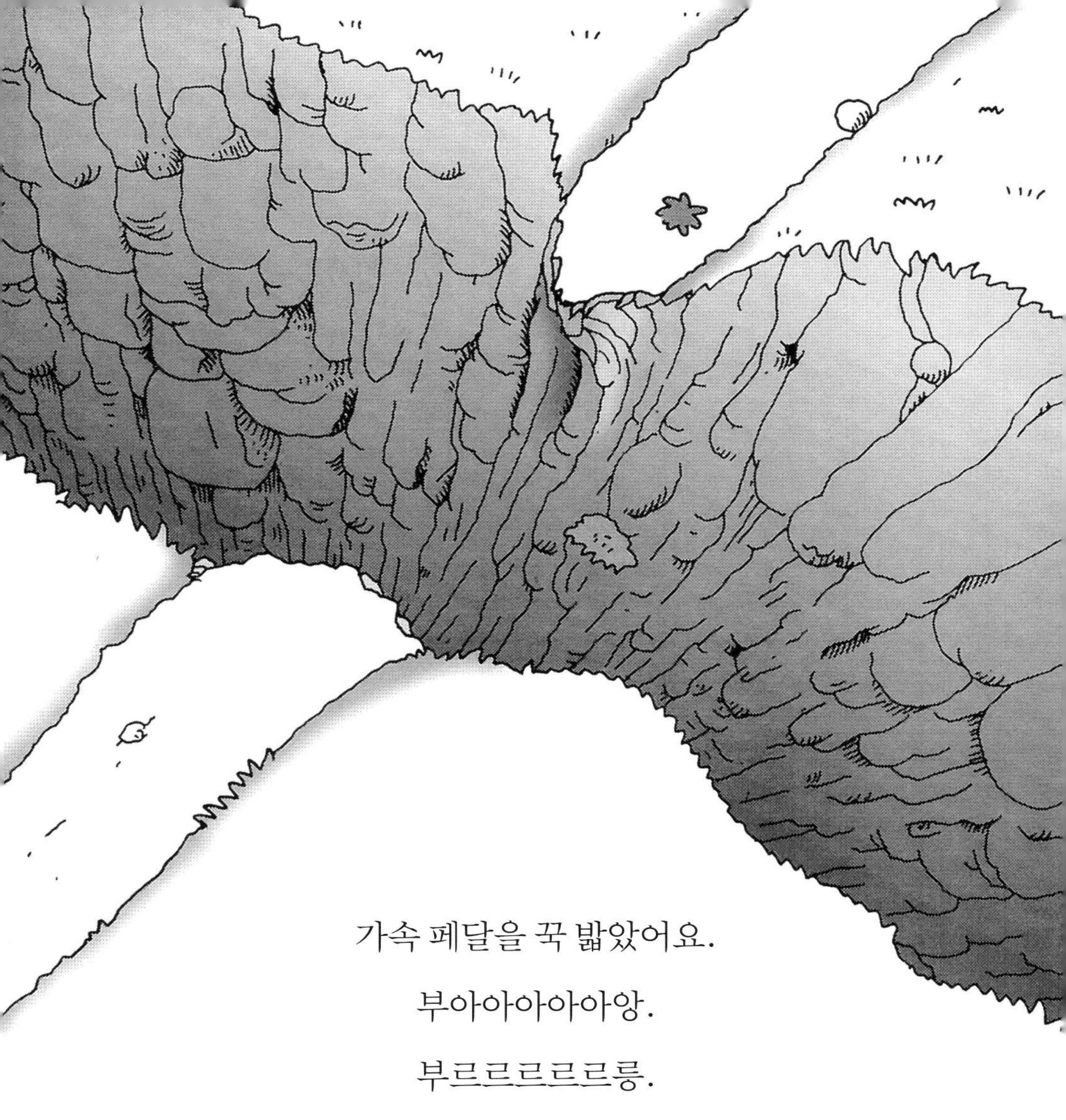

가속 페달을 꾹 밟았어요.

부아아아아아앙.

부르르르르르릉.

비둘기차는 으르렁거리는 듯한 소리를 내며

절벽으로 돌진했습니다.

휘익
비둘기차
비둘기차는 기운차게
땅을 차고
공중으로 떠올라

성공이다! 대성공!
비둘기차
놀랍게도
건너편 절벽에
착지했습니다.

하지만
엥?
조로리 사부님,
차가 무거워서
절벽이 무너지고
있어유.
뭣이
라고
라고
라!
비둘기차
우두두두둑

조로리가
놀라서
문을 열고
절벽 쪽으로
뛰려고
했을 때였어요!

우리에 갇혀 있던
수백 마리의 비둘기들이
한꺼번에 밖으로 나왔어요.
그러자 조로리의 풍성한 웨딩드레스에
비둘기의 발과 몸이 걸려
조로리를 들어 올려
날아가는 게 아니겠어요!

웨딩드레스는 촘촘한 레이스로 만들어져 비둘기의 발이 걸리기 쉬워요.
많은 비둘기가 드레스 안으로 들어가 날갯짓을 하고 있었답니다.
우아, 이런 행운이! 이 녀석들 정말 멋진데! 이시시, 노시시, 이 몸의 드레스를 꽉 잡으라고! 즐거운 비행을 해 보는 거다!
아, 소중한 휴대 전화가 ….

조로리 일행이

하늘 저 멀리 사라지고 난 뒤

이누타쿠 일행이 절벽에 도착했습니다.

아래를 내려다보니

비둘기차가 검은 연기를 뿜으며

타고 있었어요.

"여기서 떨어졌으면 살아 있을 리가 없지."

이누타쿠 아버지가 조용히 중얼거리자

이누타쿠의 눈에서 하염없이 눈물이 흘러

절벽 아래로 떨어졌습니다.

이누타쿠 아버지는 아들의 어깨를

꽉 붙잡았어요.

이누타쿠는 어깨를 잡은 아버지의 손 힘이

강해진 걸 느꼈어요.

아버지가 건강을 되찾으신 건 무척 기뻤지만

조로에를 잃은 슬픔이 매우 컸어요.

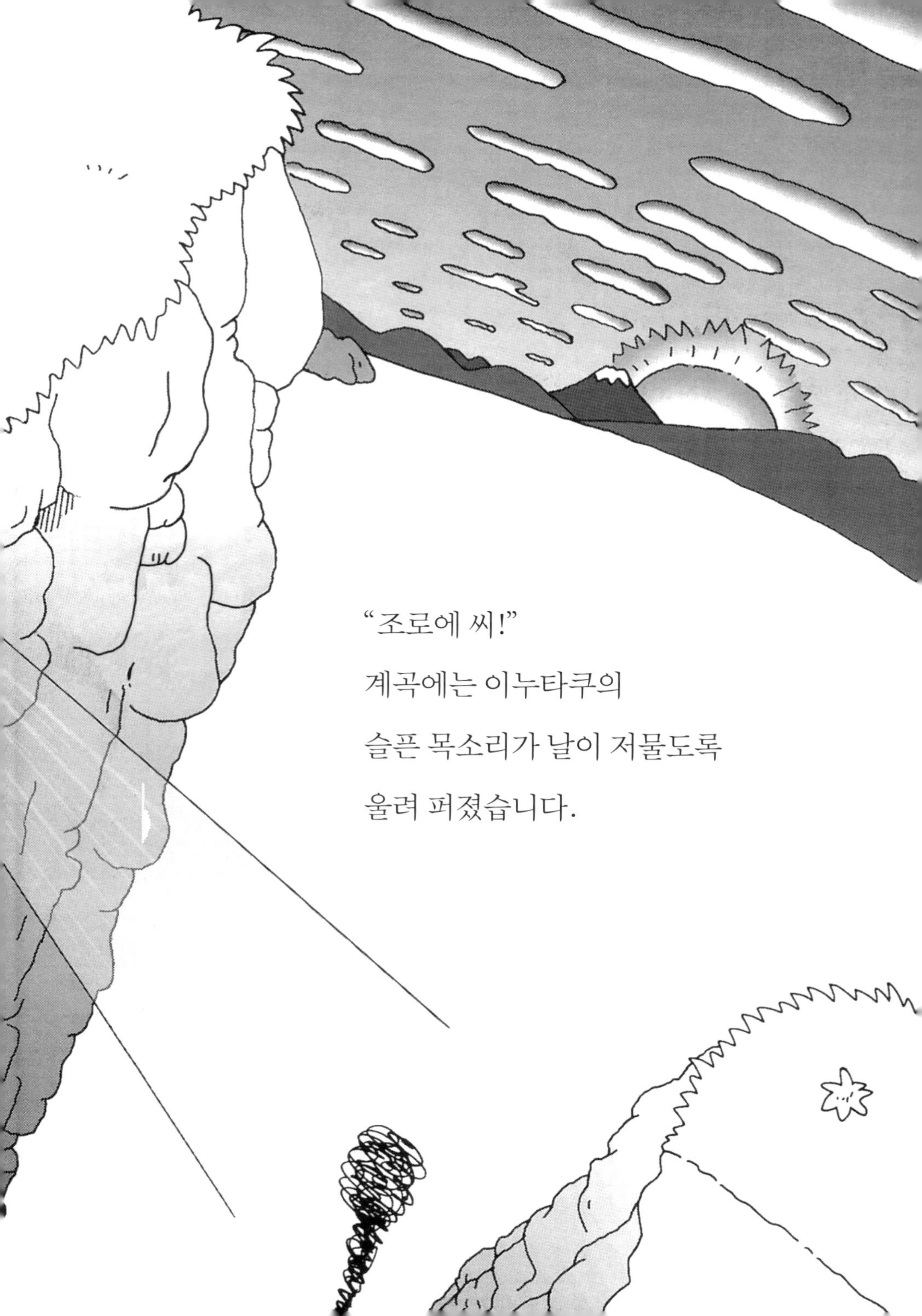

"조로에 씨!"

계곡에는 이누타쿠의

슬픈 목소리가 날이 저물도록

울려 퍼졌습니다.

그 무렵
조로리는
여전히
하늘을
날고
있었어요.
조로리
사부님,
어디로
가는
거예유?
이 몸이
그걸 어떻게 아냐?
궁금하면
비둘기에게
물어봐.

뭐라고? 안타깝군.
지금쯤이면 분명히
슈퍼 모델
샌디한테서
데이트 신청 전화가
왔을 텐데!
조로리
사부님,
휴대전화를
떨어뜨리고
말았어유.

하라 선생님의 축하 인사말

한국 어린이 여러분, 안녕하세요.

《장난천재 쾌걸 조로리 시리즈》 작가 하라 유타카입니다.

저는 어린이들이 계속 보고 싶어 하는

재미있는 책을 만들고 싶어서 《장난천재 쾌걸 조로리》를

쓰기 시작했습니다.

일본에서는 책읽기를 싫어하던 어린이들도 이 책을 읽은 후부터

다른 책도 읽게 되었다고 합니다.

한국 어린이들도 꼭 재미있게 읽어 주면 좋겠습니다. 잘 부탁해요.

글쓴이 소개

하라 유타카 (原ゆたか)

1953년 구마모토 현에서 태어났다.

1974년 KFS콘테스트 고단샤 아동도서부문상 수상.

주요 작품으로는 《자그마한 숲》, 《마탄은 마사오군》, 《장갑 로켓의 우주 탐험》, 《나의 보물 나막신》, 《푸우의 심부름》, 《내 것도 아빠 것처럼 되는 걸까?》, 《시금치맨》 시리즈 등이 있다.

옮긴이 소개

김수정 (金洙政)

한림대학교에서 물리학을 공부하고 일본 고베대학교 대학원에서

종합인간과학연구과 연구생 과정을 마쳤다.

어린이들이 재미있게 읽을 수 있는 책을 꾸준히 기획, 번역하고 있다.

옮긴 책으로는 《고양이가 된 하루코》 등이 있다.

글·그림 하라 유타카
옮김 김수정

개정판 1쇄 인쇄 2024년 12월 1일
개정판 1쇄 발행 2024년 12월 11일

펴낸이 김영곤 **펴낸곳** (주)북이십일 을파소
기획편집 이장건 김의헌 박예진 박고은 서문혜진 김혜지 이지현
아동마케팅 장철용 양슬기 명인수 손용우 최윤아 송혜수 이주은
영업 변유경 김영남 강경남 황성진 김도연 권채영 전연우 최유성
해외기획 최연순 소은선 홍희정
디자인 박숙희 **제작** 이영민 권경민

출판등록 2000년 5월 6일 제406-2003-061호
주소 (우 10881) 경기도 파주시 회동길 201(문발동)
연락처 031-955-2100(대표) 031-955-2109(기획편집)
팩스 031 - 955 - 2122 **홈페이지** www.book21.com

ISBN 979-11-7117-739-4 74830
ISBN 979-11-7117-605-2 (세트)

책 값은 뒤표지에 있습니다.
이 책 내용의 일부 또는 전부를 재사용하려면 반드시 (주)북이십일의 동의를 얻어야 합니다.
잘못 만들어진 책은 구입하신 서점에서 교환해 드립니다.

• 제조자명 : (주)북이십일
• 주소 및 전화번호 : 경기도 파주시 회동길 201(문발동) / 031-955-2100
• 제조연월 : 2024.12.
• 제조국명 : 대한민국
• 사용연령 : 8세 이상 어린이 제품

이누타쿠, 비극을 이겨 내고 사랑하는 슈퍼 모델과 결혼

기뻐하는 두 사람

경찰관 이누타쿠 씨는 쾌걸 조로리 때문에 사랑하는 사람을 잃었습니다. 그는 일에 몰두하며 하루하루 슬픔을 달랬습니다. 그런데 그 사건으로부터 2년 후 그의 운명을 바꾼 일이 생겼습니다. 슈퍼 모델 샌디의 경호를 맡게 된 것입니다. 위험한 순간에 그녀를 구한 것이 계기가 되어 사랑이 싹텄고, 마침내 결혼하게 되었습니다.

이누타쿠 씨의 한마디

"그녀와 함께 있으면 마음이 편안해집니다. 이제야 행복을 찾았습니다."

샌디 씨의 한마디

"목숨을 걸고 저를 구해 주신 용기 있는 행동에 감격했습니다."

2년 전 사건으로 기적적으로 병이 나은 경찰서장(이누타쿠 씨의 아버지)도 무척 기뻐했습니다.
"이제 아들에게 행복이 찾아왔어요. 부모로서 한숨 돌렸습니다. 나도 악당 조로리를 내 손으로 잡을 때까지 죽을 수 없다고요! 와하하하." 하며 씩씩하게 웃었습니다.